A coruja-buraqueira e o buraco do tatu

Dados Internacionais de Catalogação na Publicação (CIP)
Angélica Ilacqua CRB-8/7057

Tavares, Cristiane
  A coruja buraqueira e o buraco do tatu / Cristiane Tavares ; ilustrações de Gisele Daminelli. - São Paulo : Paulinas, 2024.
  32 p. : il., color. (Coleção Magia das letras, série Letras e Cores)

  ISBN 978-65-5808-279-8

  1. Literatura infantojuvenil brasileira I. Título II. Daminelli, Gisele III. Série

24-2108   CDD 028.5

Índice para catálogo sistemático:
1. Literatura infantojuvenil brasileira

1ª edição – 2024

Direção-geral: *Ágda França*
Editora responsável: *Andréia Schweitzer*
Coordenação de revisão: *Marina Mendonça*
Copidesque e revisão: *Ana Cecilia Mari*
Gerente de produção: *Felício Calegaro Neto*
Produção de arte: *Telma Custódio*

Nenhuma parte desta obra poderá ser reproduzida ou transmitida por qualquer forma e/ou quaisquer meios (eletrônico ou mecânico, incluindo fotocópia e gravação) ou arquivada em qualquer sistema ou banco de dados sem permissão escrita da Editora. Direitos reservados.

Cadastre-se e receba nossas informações
paulinas.com.br
Telemarketing e SAC: 0800-7010081

Paulinas
Rua Dona Inácia Uchoa, 62
04110-020 – São Paulo – SP (Brasil)
Tel.: (11) 2125-3500
editora@paulinas.com.br
© Pia Sociedade Filhas de São Paulo – São Paulo, 2024

CRISTIANE TAVARES

ILUSTRAÇÕES
GISELE DAMINELLI

A coruja-buraqueira e o buraco do tatu

Paulinas

A coruja estava cansada.
Cansada do dia e também da longa noite.
Procurava e não achava um buraco,
um aconchego para descansar.

Ela vivia mais ou menos assim:
cochilo até tirava,
num galho fresco e bem alto,
mas dormir, descansar, sonhar,
só mesmo num buraco,
um buraco que seria o seu lar.

Vinha ela para cá silenciosa,
com os olhos arregalados.
Girava a cabeça explorando todos os lados,
examinando detalhadamente o chão.

Vinha de lá um desajeitado tatu.
Distraído, assobiando.
Pela noite estrelada, cantarolava enquanto caminhava em seu passeio noturno.
Passou pela coruja e nem percebeu qual era a missão em que a ave se encontrava.

Seguiu a coruja-buraqueira para lá.
Passou pelo tatu que vinha para cá.
Um passou pelo outro. Um não viu o outro.
Um para lá e o outro para cá.

E a coruja cansada, embora não desatenta,
deu de cara com um buraco.
    Perfeito.
        Redondo.
            Fundo o suficiente.

Acontece que buraco assim encontrado,
sem dono, sem sinal e sem aviso,
é buraco abandonado!

Entrou a coruja nele, acomodou-se. Fechou os olhos e dormiu.

E o tatu que veio para cá,
depois de muito cantarolar,
resolveu voltar para o seu buraco
com a intenção de descansar.
Foi aí que ele se deitou em cima da coruja.
Ela dormia profundamente.
O tatu se ajeitou todo contente nas suas penas
transformadas em um macio colchão.

O sol já estava alto e esquentou o abrigo.
O tatu acordou sorrindo, depois de uma noite tranquila.
Saiu e foi se esticar!

O sol agora estava ainda mais quente e aqueceu o abrigo.
A coruja acordou sorrindo, depois de uma noite sossegada.
Saiu e foi se alongar!

Um deu de cara com o outro!
– Que susto! – gritou a coruja.
– Que susto digo eu! – reivindicou o tatu.
– Esse buraco é meu, estava vazio ontem e eu me acomodei nele! – tratou de se explicar a coruja.

– Epa, opa, coruja, eu cavei esse buraco dia e noite! – explicou o tatu. – Além do mais, estou reconhecendo a senhora! É uma coruja-buraqueira, e está sempre atrás de um buraco cavado por tatu!

A coruja-buraqueira ouviu com atenção o tatu. Mas estava decidida a não abrir mão daquele ninho tão bem cavado, quentinho e confortável.
O tatu se lembrou da noite no colchão macio de penas de coruja...
A coruja e o tatu tinham muitos argumentos e, durante o dia, um tentava convencer o outro.

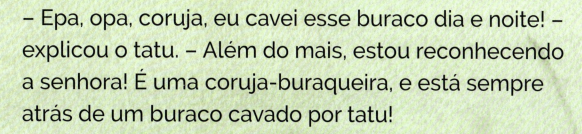

Mas, quando a noite chegava, eles se acomodavam na toca, decididos a continuar o papo no dia seguinte.

– Boa noite! – dizia um.
– Boa noite! – respondia o outro.

O dia seguinte sempre chegava, e eles acordavam sorrindo pela noite tão agradável.
O tatu saía da toca para se esticar.
A coruja saía da toca para se alongar.
Um dava de cara com o outro.
Um já não se assustava mais com o outro.
E, embora tivessem tantos argumentos para convencer um ao outro,
escolhiam cuidar... um do outro.

CRISTIANE TAVARES nasceu no Rio de Janeiro. É autora de livros infantis e psicopedagoga. Escreve sobre Literatura Infantil e se dedica à contação de histórias em diferentes espaços literários. Foi coordenadora pedagógica na Educação Infantil e no Ensino Fundamental, onde sempre desenvolveu projetos literários, além de consultora do Núcleo de Educação Ambiental no Jardim Botânico do Rio de Janeiro. A experiência em escolas e no atendimento a alunos das redes pública e particular serviu-lhe de inspiração para a criação de narrativas para o universo infantil.

GISELE DAMINELLI nasceu em Içara, interior de Santa Catarina, no ano de 1984. Formou-se em Artes Visuais em 2006. Quando criança, passava grande parte do seu tempo desenhando, pintando e admirando as ilustrações dos livros que lia, imaginando que talvez, um dia, pudesse ilustrar livros também. O tempo passou, mas o seu amor e dedicação ao desenho se mantiveram presentes. Hoje Gisele trabalha com o que sonhou desde criança: ilustrando livros.